www.tredition.de

Russi Sand

Shutdown Lockdown Hotspot

oder wie ich im Homeoffice meine Muttersprache vergaß

www.tredition.de

Verlag und Druck:
tredition GmbH, Halenreie 40-44, 22359 Hamburg

ISBN
Paperback: 978-3-347-19222-5
Hardcover: 978-3-347-19223-2
e-Book: 978-3-347-19224-9

Hi! Mich gibt es eigentlich gar nicht. Ich bin ein fiktionaler Charakter. Eine Figur. Mein Name ist Roy Grande. Ich bin Lehrer an einem Gymnasium in Hessen. Ich lebe in einer mittelgroßen Stadt. Die hier geschilderten Ereignisse hat sich mein Creator frei ausgedacht. Sie sind nicht fiktiv, sondern fiktional. Denn sie gibt es ja. Die geschilderten Ereignisse. Ich selbst bin zwar kein Berliner - 500 g Mehl sieben. Eine Mulde hineindrücken. Hefe in die Mulde bröckeln. Milch und Zucker beigeben. Ruhen lassen. Nicht du dich, sondern den

Teig! Und zwar du. Hä? Mit der restlichen Milch, dem Zucker und ein wenig Salz, einem Ei und 60 g ausgelassener Margarine verkneten. Weitere 20 Minuten gehen lassen. Eine Teigrolle formen und daraus 16 Berliner herstellen. Drei Minuten bei 170 Grad in der Fritteuse ausbacken. Auf einem Küchenkrepp abtropfen lassen. Die Konfitüre mit einem Spritzbeutel mit langer Tülle in die Berliner spritzen - Ouch! Die Berliner im restlichen Zucker wälzen. Wohl bekomm's - aber ein Boomer. Das sagen vor allem die Millennials, aber auch die Digital Natives zwei Punkt null, wenn sie über unsere Generation sprechen. Das geschieht meist als abwertende Speech. Ich persönlich mag den Begriff Boomer nicht. Ich hatte noch etwas in der City zu tun, genauer gesagt im City-Center. Deshalb nahm ich mein Sport Utility Vehicle – schon alleine wegen der Ansteckungsgefahr in den Öffentlichen. Auf dem Weg in die City schaltete ich mein Bluetooth-Autoradio an. Auf einem Kulturkanal sagte gerade ein Kulturschaffender: Ich bin ein entschiedener Vertreter von

Diversity. Daran kann ich mich noch ganz genau erinnern. Das bin ich auch. Mich störten aber ab und an die vielen englischen Wörter, die Anglizismen in unserer Sprache. Zumindest, wenn es dafür Wörter im Deutschen gibt. Das konnte man bestimmt auch anders formulieren! Ich schaltete in das dritte Programm des öffentlichen Rundfunksenders unseres Bundeslandes. Ein Radio Hero, so wurde er zumindest annonciert, war im Studio und gab ein Interview. Er sagte, Radio Hero sei sein absoluter Traumjob. An der Musik, die er spiele, liebe er den Flow. Die Interviewerin outete sich - ich oute mich mal jetzt, sagte sie wortwörtlich - sie habe früher, während der Radio Hero auf Sendung war, Mixtapes bespielt. Aber damals wusste man nicht, wann genau der Play-Knopf zu drücken war. Er antwortete, deswegen habe er ja Jingles eingeführt. Als Signal sozusagen. Und er habe nie reingesprochen, während die Top Ten Songs liefen. Nur bei den Neuvorstellungen. Never, das fügte er hinzu. Never habe er in die Top Ten Songs reingesprochen. Das habe man ihm aber immer wieder vorgeworfen. Aber nach 40 Jahren sei er mit seinen Fans versöhnt, sagte er. Das ist doch schön, fand ich. Auf dem Park-and-Ride-Parkplatz stellte ich meinen SUV (der, aber auch das) ab und ging den Rest zu Fuß - bis in die City. Wie dereinst Leopold Bloom ging mir allerlei Unzusammenhängendes durch den Kopf: *Abfall-Container…reichlich vorhanden…Abhol-Service…nice…Babybauch…Backpacker…wohin des Weges?...Bauchpiercing…Beagle!...Outfit… Gettoblaster…muss das sein? So* laut...GI...gibt's die hier noch? Offensichtlich. Yankee! Oops. Ist das politisch correct? Mal checken, wenn ich heimkomme...Pass doch auf! Wieder ein rücksichtsloser Inlineskater...Internet-Cafe...wer braucht denn so was? ...Night-Club...momentan geschlossen, kämpfen ums Überleben...Was sollen all die Tattoo-Studios? So viele Kunden kann es unmöglich geben...Ü30-Party fällt aus...Nix Nightlife. Nerds, ganz viele Nerds heute Morgen. Wie kommt es?... Nordic-Walking-Stöcke...die darf man doch nicht hinter sich her schleifen! Irgendwie musste ich an

Wackel-Pudding denken, ich weiß aber beim besten Willen nicht warum!... Die muss man aktiv einsetzen. Ich kann das nicht mit ansehen...Was soll denn das? Ein Quad; in der Einkaufspassage!...wird ja immer schöner! Da war er wieder: ein Zombie mit Zungenpiercing...Ouch! Da, das gibt es noch? Ein Zauberer führt einen Zauber-Trick aus. So heißt das doch noch, oder?... ... ...

Cut.................................

.... Seit die Kaufhäuser dicht gemacht haben, sieht man an jeder Ecke ein Micro-

Hub. Auch ansonsten reichlich Hubs in der Innenstadt. Cool! Dann stehen die Läden wenigstens nicht leer. Vorbei an Hair und mehr – wobei ich beim besten Willen nicht sagen kann, was man sich unter dem mehr vorstellen soll. Weiter vorbei an Resales, an der Back-Factory und an der Fashion GmbH. Bei mister*lady um die Ecke dann endlich meine Destination: Doc-Phone. Ich hatte vor einer Woche mein Handy zur Reparatur abgegeben und wollte es nun abholen. Hi! Hi! antwortete ich. Wegen der lauten Rap-Musik im

Hintergrund konnte man sein eigenes Wort nicht verstehen. Es war fertig. Ich, es aber auch, hatte ein neues Display. Warum muss mir auch mein Smartphone immer aus der Hosentasche fallen, oder in die Kloschüssel, oder aus dem Spind im Gym? Echt strange! Seit Jahren war ich bei dem gleichen Provider. Prepaid. Mittlerweile fünf Gigabyte. Datenflat. Nice! Nachdem ich den Laden verlassen hatte, kam ich noch am Tobacco Shop und an Coffee Roasters vorbei. Ich hatte mir vorgenommen, auf dem Nachhauseweg meinen Mini-Einkauf bei REWE To Go zu erledigen. Ich hatte Bock auf Sandwiches und ein paar Wraps. Danach würde ich mich an meinen Laptop setzen und nach einem E-Drum Set suchen. Bei Rewe angekommen, ließ ich mich von dem Angebot inspirieren, es gab mittlerweile echt leckere Sachen: *Kurkuma-Smoothie…echt nice…Basil Smoothie…nicht so meins…Lunch-Variationen…leider noch zu früh…alles von Streetfood-Märkten inspiriert, kann man da lesen. Unfassbar!* Nachdem ich meinen Einkauf getätigt hatte, konnte ich mir den neuen Pop-up-Radweg ansehen, den sie in der Corona-Zeit aus dem Boden gestampft haben. Interessant, dachte ich. Macht Sinn – it makes sense – denn es sind kaum Autos unterwegs. Huch, was ist das denn? Ein Laden am rechten Straßenrand. Den gab es vor einer Woche noch nicht. Aber dann wurde mir schnell klar, worum es sich dabei handelte; stand ja in großen Lettern dran: Pop-up-Store. Wau! Sorry: Wow, wie geil ist das denn! Überall Pop-ups! Da! Ein Pop-up-Biergarten. Unglaublich. Später lernte ich, dass es in unserer Stadt auch noch einen Pop-up-Festplatz und ein Pop-up-Autokino gab. Mir kam es so vor, als sei das Verb pop das wichtigste überhaupt. Ich habe meine Rezepte von lecker.de, meine Erdbeerpflanzen bestelle ich bei erdbeer.de, und ein guter Freund von mir ist tatsächlich bei poppen.de angemeldet. Sachen gibt's. Seltsam. Hinter dem Store sah ich einen Lokalpolitiker. Er hatte einen Mund-Nasen-Schutz an. Wahrscheinlich canvassing. Sieht mittlerweile richtig abgefuckt aus. Wahrscheinlich Broken-Heart-Syndrom. Passt zum Hintergrund, dachte ich, Broken-Window-Kulisse. Gangland. Der Anfang vom Ende. Naja, wie dem auch sei. Schließlich passierte ich noch die neue Drive-In-Corona-Teststelle. Mindestens 50 Fahrzeuge standen davor, um sich testen zu lassen. Nicht die Fahrzeuge, sondern die Fahrer*innen, oder beide zusammen, und die anderen auch noch. Ich kam zuhause an, parkte mein SUV, ging die Treppe hoch, öffnete die Wohnungstür und verstaute zunächst meine Einkäufe im smarten Kühlschrank. Mittlerweile hatte ich ein gut funktionierendes Smart Home. Alles war per Bluetooth vernetzt. Auch der Kühlschrank. Er merkte von alleine, wann ein bestimmtes Produkt nachgeordert werden musste. Und da diese schreckliche Pandemiezeit so furchtbar einsam machte, konnte ich zumindest mit meinen smarten Lautsprechern kommunizieren. Wecker ein- und ausschalten. Eine Bestellung aufgeben. Eine Telefonnummer heraussuchen und die Nummer wählen. Das Fernsehgerät einschalten und ein Programm suchen. Lampe einschalten, dimmen. Ich fand das einfach nur genial. Nur duschen musste ich noch selbst. Aber dafür würde es bestimmt auch bald eine App geben. Danach setzte ich mich gleich an meinen Laptop mit der Absicht, mich über E-Drum Sets zu informieren. Ich wollte unbedingt eines haben. Mal was anderes, dachte ich. Auf YouTube habe ich mir schon viele Tutorials dazu angeschaut. Habe auch schon einen Channel abonniert.

Doch zunächst musste ich meine Antivirus-Software aktualisieren. Das sagte mir ein kleines Pop-up-Fenster in der rechten unteren Ecke des Monitors. Das WLAN funktionierte einwandfrei, seitdem ich den neuen Router installiert habe. Auch die Flatrate war für mich genau die Richtige. Das Pop-up-Fensterchen verschwand, somit konnte ich meiner Arbeit nachgehen. Halt! Schnell noch die Mails und die Tweets checken. Es konnte ja sein, dass es eine wichtige Message gab. Deshalb gab ich die

Daten in den Browser ein. Seitdem ich die Bluetooth-Mouse habe, macht das Scrollen richtig Spaß, fand ich. Sie funktionierte auch ohne Pad, also direkt auf dem Tisch. Genial, wieder Geld gespart. Auf skypen und chatten hatte ich heute ausnahmsweise keinen Bock. Ich schaute mir zunächst an, was gerade in Deutschland trendete und setzte einen Tweet ab. Ich hatte es mir zur Gewohnheit gemacht, unter einem Pseudonym zu allem und jedem meinen Senf dazu zu geben. Es kam auch durchaus mal vor, dass ich dann und wann Hatespeech auf mich zog. Aber daran hatte ich mich gewöhnt. Das gehörte sozusagen zum Business. Was in letzter Zeit des Öfteren trendete, war das Thema alte weiße Männer. Das war in Deutschland die letzte Gruppe, auf die man einhauen konnte. Die Begründung war erstaunlich: Ältere weiße Männer waren in den letzten Jahrzenten in den Schaltzentralen der Macht und wussten nicht von der Erfahrung zu berichten, wie es ist, benachteiligt zu sein oder diskriminiert zu werden. So einfach ging die, nennen wir es vorsichtig Argumentation. Es geschieht ihnen folglich recht, dass sie jetzt an der Reihe sind. Geht es um ein Bild in den Medien von unseren Weltmeistern von 1974, dann heißt es: Wer sind denn die alten weißen Männer? Oder wenn es um Germany's next Kanzler geht, dann werden die gleichen Floskeln reflexartig reproduziert. Und dann kann es schon einmal vorkommen, dass ich auf einen Tweet antworte mit der Aussage: Das ist Diskriminierung, woher weißt du, dass derjenige ein alter weißer Mann ist?

Tatsächlich wurde er mit den Merkmalen eines Knaben geboren, fühlte sich aber sein ganzes Leben als Demiboy, und später dann als Demimann. Da bin ich mir sicher. Und Demimann oder auch Demiboy sind keine alten weißen Männer und deshalb darf man sie auch nicht diskriminieren. Damit endet der Thread normalerweise dann auch. Gut so! Alles eine Folge der Turbo-Individualisierung. Mit den Begriffen Individualität und individuelle Freiheiten oder individuelle Freiheitsrechte wird in unserem Land alles legitimiert.

Ich trage keine Maske, denn das ist ja MNS-Diktatur. Ich halte keinen Abstand, denn das ist ja AHA-Diktatur oder gar Merkel-Diktatur. Und der Gipfel ist dann der Aluhut. Und so weiter und so fort. Alles klar! Nachdem ich feststellte, dass es keine wichtigen Mails gab, schloss ich meinen Account und gab Electronic Drum in die Browser-zeile ein. Denn ich hatte, wie bereits erwähnt, tatsächlich vor, mir ein Drum-Set in die Wohnung zu holen, vor allem wegen der Pandemie. Da brauchte ich nicht mehr zu unserem Hotspot zu fahren, zu unserer Schule. Schulen sind ja angeblich keine Hotspots, zumindest wenn man unseren Kultusminister hört. Da man mit dem Set mit Headphones spielen und auch Volume regeln kann, wird kein Mensch in Mitleidenschaft gezogen. Mit einem echten Drum-Set sieht das schon anders aus. Innerhalb weniger Sekunden hatte ich eine interessante Homepage gefunden. Ich besuchte die Seite. Und tatsächlich: Ich fand alle Informationen, die ich benötigte. Super! Statt mich stundenlang festzulesen, scannte ich den Text. Das hatte ich mir mittlerweile so angewöhnt. Scannen und skimmen. Spart viel Zeit. Nur zu empfehlen! Ich würde in den nächsten Tagen Kontakt mit dem Musik-Store aufnehmen, das hatte ich mir zumindest vorgenommen. Da ich auch noch einen Beruf ausübe, musste ich langsam in die Gänge kommen. Aufgrund der Pandemie war unsere gesamte Stadt mittlerweile zum Hotspot geworden. Und das wenige Monate nach dem sogenannten Lockdown. Ein Lockdown, der keiner war. Ein

Lockdown, der nicht zu vergleichen war mit dem in Spanien oder Frankreich. Oder Israel. Oder Australien. Oder sollte man doch besser Shutdown sagen? Eigentlich Begriffe, die etwas völlig anderes bedeuten, zumindest in Amerika (USA). Ich habe immer wieder beobachten können, wie Menschen einkaufen konnten, so wie sie es immer schon getan hatten. Und wenn ich mit meinem Mountainbike unterwegs war, musste ich mein Bike immer mal wieder durch Menschenmengen manövrieren.

Es brauchte in solchen Fällen einen Uni-Vorkurs in Integralrechnung, um in der Lage zu sein, jeweils 1,5 Meter Abstand zu seinen liebgewonnenen Mitmenschen zu halten. Solche Ansammlungen waren an sich verboten. Aber ich hatte den Eindruck, dass im Vergleich zu anderen Ländern bei uns nicht so intensiv kontrolliert wurde. Wir sind doch kein Polizeistaat, hieß es reflexartig immer wieder von Politikern. Dann fragte ich mich, wissen die überhaupt was das ist, ein Polizeistaat? Auch sah ich Massen von Menschen, die sonntags an meinem Garten am Rande des Naturschutzgebietes entlang flanierten, oder sollte man sagen vorbeidefilierten? Von wegen Social Distancing! Dicht an dicht, ohne Mindestabstand und schon gar ohne Mund-Nasen-Schutz. Mir kam es so vor, als ob die meisten überhaupt keine Vorstellung davon hatten, was 150 cm bedeuteten. 1,5m Mindestabstand könnte man an der Kasse beim Discounter übrigens beibehalten. Bye Bye heißer Atem im Nacken an der Aldi-Kasse! Oder im

Supermarkt. Oder beim Discounter. Wie dem auch sei. Am heutigen Dienstag hatte ich etwas später Homeschooling. Unsere Schule hatte, wie ich bereits erwähnt habe, seit einer Woche komplett dichtgemacht, nachdem ein Superspreader offensichtlich im Klassenraum seine Viren großräumig verteilt hatte. Unmittelbar nachdem das bekannt geworden war, schloss das Gesundheitsamt unsere Anstalt und alle Lehrer*innen waren mehr oder weniger gezwungen, den Unterricht von zu

Hause aus zu organisieren, sofern sie überhaupt mit der notwendigen Hardware ausgestattet waren. Und wenn das der Fall war, dann mussten sie sich noch in die entsprechende Software einarbeiten. Das wars aber noch nicht ganz. Denn jetzt ging es auch darum, dass alles funktionierte. Und das war leider ganz oft nicht der Fall. Mal konnte man sich nicht einloggen, weil die Passwörter plötzlich nicht mehr gültig waren. Mal konnte man keinen Unterricht machen, weil die Kids die notwendige Hardware überhaupt nicht zu

Verfügung hatten. Man wartete gespannt darauf, dass die Schulen diese Mängel beheben würden. Bis jetzt war recht wenig passiert. Eigentlich fast gar nichts. Und da gab es die Kollegen*innen, die es nicht einsahen, aus eigener Tasche Hardware zu besorgen. Sie warteten tatsächlich darauf, dass der Postbote vorbeikommt und ihnen einen vom Land bezahlten Laptop vor die Haustüre stellt. Vorher würde tote Hose herrschen. Diesen Standpunkt konnte ich aber auch irgendwie nachvollziehen. Wie dem auch sei. Ich kannte

Homeschooling ja bereits von dem ersten Lockdown im März. Heute musste ich eine 7. Gymnasialklasse bespaßen. Gegen 11 Uhr sollte es losgehen. Thema: Jugendsprache. Mal schauen, was die Kids zu diesem Thema an Material gefunden haben. Das war nämlich Hausaufgabe. Speziell für das Homeschooling habe ich mir einen neuen Laptop besorgt. Mein Alter war nicht mehr zu gebrauchen, da die Kamera nicht funktionierte. Sie hatte übrigens noch nie richtig funktioniert. Also meldete ich mich zur Videokonferenz an und wartete, bis ich alle Schäfchen zusammen hatte. Oh Wunder: Es waren ausnahmsweise alle eingeloggt. Hatte wohl mit dem Thema zu tun. Nachdem ich die Gruppe begrüßt hatte, hielt Justin einen Kurzvortrag zum Thema Jugendsprache, also was die Merkmale sind und warum es überhaupt so etwas gibt wie Jugendsprache. Alle anderen waren angehalten, sich Notizen zu machen. Als nächstes sollte jeder brainstormen und der Reihe nach seine oder ihre Ergebnisse den anderen mitteilen. Die Aufgabe lautete:

Brainstorme die Wörter, die dir spontan (logisch!) einfallen bei dem Wort Jugendjargon und liefere gleichzeitig eine adäquate Übersetzung. Maik war als Erster an der Reihe: Lauch-dünner Typ ohne Muskeln. Jessica war als nächste dran: Chaya, das sind Mädchen. *Aha dachte ich, kannte ich noch gar nicht.* Es folgten weitere Begriffe, unter anderen Babo (Chef), Brudi (Bruder), chillig (wenn etwas cool ist, oder man etwas gemütlich findet), Faker (Menschen, die sich verstellen und nicht ehrlich sind), Mindfuck (extreme Verwirrung), Digger (guter Kumpel), Bitch (*das dürfte klar sein!*), cringe (etwas höchstpeinlich finden, fremdschämen), Gammelfleisch (*steht etwas abwertend für meine Generation*), Fotobombe (jemand, der sich bei einem Foto-shooting in das Bild drängt und blöde Grimassen schneidet, um die Atmosphäre zu stören), Yolo-Kind (meist alternativ gestylte Kinder mit Kippe und Wodkaflasche), lost, Mashallah, Diggah, No Front, No Cap. Im Anschluss an diese Phase sollten dann noch ganze Textpassagen erarbeitet werden, die sich möglichst rea-listisch anhören. Beispiele hier-für kamen von Helena und Antonia: Mutter versucht cool zu sein und verwendet Wörter wie lit und fly. Der Freund, der gerade zu Besuch ist, meint hinterher: Cringe pur! Deine Mutter sollte sich ihrem Alter entsprechend verhalten. Oder: Stop! Das kannst du so nicht posten, das ist nämlich cringey. Oder: Das Verhalten ist absolut cringeworthy! Das hat er vorhin schon gewhatsappt. Bruh! OMG, dachte ich bei mir. Wie strange! Immer diese englischen Wörter. Das kann ich sowieso nicht ausstehen. Aber das behielt ich für mich. Ich schaute auf meine Uhr und musste zu meiner Verwunderung feststellen, dass die Doppelstunde bereits seit fünf Minuten vorüber war. Deshalb bedankte ich mich bei den Kids und verabschiedete mich mit dem Wort tschüssikowski. Das verstand jeder, ich hatte ganz offensichtlich das richtige Jugendwort ausgewählt. So. Nach meinem anstrengenden Arbeitstag wollte ich noch zur Schule fahren und im Musikraum etwas musizieren. Ich spiele nämlich leidenschaftlich gerne Schlagzeug. Aus gegebenem Anlass nahm ich meine eigenen Sticks mit. Beigebracht hat es mir ein Schüler, dessen Onkel ein berühmter Eurodance-Produzent der Neunziger ist. Die Musikalität hat er offensichtlich mit in die Wiege gelegt bekommen. Der Neffe. Mein Coach. Dafür bekam er von mir ein angemessenes Taschengeld. Immer freitags nach der 6. Stunde. Und immer für etwa 30 Minuten. Ich hatte als Kind zwar auch ein Schlagzeug zum Geburtstag bekommen, das haute ich aber schon bald kaputt.

Nicht aus Wut, sondern weil es ein billiges Teil war. Die Schlagfläche bestand nämlich aus dünnem Papier. Sehr sinnvoll! Mein Freund Dieter wollte auch kommen und mich auf seiner E-Gitarre begleiten. Doch zunächst bereitete ich mir noch auf die Schnelle mein Mittagessen. Auf dem Tisch landete das, was ich mir in der Frühe bei Rewe besorgt hatte: das Sweet Chili Wrap mit Paprika, Mais und Rucola. Dazu gabs ein Tomate Mozzarella Sandwich, (jeweils 180 g). Als Getränk gabs ein True Fruits Smoothie yellow (250 ml).

Alles to go – of course! Damit konnte man tatsächlich satt werden. Ich zog mir meine Must-haves für Sneaker-Fans an: die Chucks. Super bequem. Mund abputzen und los geht's. Diesmal fuhr ich mit meinem Mountainbike. Ich hatte es vor kurzem/ Kurzem gekauft. Kein E-Mountainbike, ich hatte noch genug Power in den Oberschenkeln. Es musste ein All-Mountain-Fully sein. Aber damit konnte man auch ganz gut in der Stadt fahren und posen, wenn man denn ein Poser war. Ich war keiner. Das Bike musste unbedingt bestimmte Features haben. Warum das denn? Nun, Jeder Mountainbiker ist auf der Suche nach dem perfekten Flow. Der Flow ist da, wenn man über den Trail surft und jeder Move fließend abläuft. Und das kann man am besten auf Flowtrails. Es ist dann schön, wenn ein Double integriert werden kann, und man über das Gap jumpen kann. Ein Gnarly muss es aber nicht sein. Manche moshen sogar. Dann kann es zu einem Snake Bite kommen. Aber das ist nicht so meins. Das Moshen. Manches

Mal habe ich auch schon einen Wheelie hinbekommen, und das auf meinem Weg zur Schule, kurz vor der Ankunft. Nicht zu verwechseln mit dem Manual. Alles klar? Ich denke doch! Als ich mein Ziel erreicht hatte, nahm ich meinen Transponder zur Hand und die Tür ging wie von Geisterhand auf. Kein Mensch da. Wie erwartet. Der Musikraum befand sich auf der ersten Etage. Auch hier kam mein Transponder zum Einsatz. Als ich gerade dabei war einzu-treten, erhielt ich eine WhatsApp-Message. Es war

Dieterle. Er konnte nicht kommen, da er auf sein Baby aufpassen musste. Ich schrieb zurück: Lass uns die App benutzen! Geht das Bro? Dieter fand die Idee gut. Nice das Ganze, sagte er. Wir verabredeten uns auch gleich für später, um einen Kaffee zu trinken. Ich schrieb, dass ich noch ein wenig Zeit benötigte, denn der Raum sah aus wie Sodom und Gomorra und ich musste zuerst ein bisschen Ordnung schaffen. Ist 4 Uhr okay? Ja, gebongt! Zunächst den riesigen Ghettoblaster zurück ins Regal. Dahin, wo er hingehört!

Dann schob ich den Hocker vor die Bass-Drum. Die Snare-Drum zog ich etwas näher zu mir ran. Muss wohl ein Riese vor mir hier gesessen haben, dachte ich mir. Die Hi-Hat stand in der Ecke, warum auch immer, die musste natürlich links neben die Snare-Drum. Das Hänge-Tom-Tom musste etwas zurechtgerückt werden. Auch das Stand-Tom-Tom zog ich etwas näher heran. So. Nur noch die zwei Cymbals und fertig ist das Drumset. Für mein Smartphone bemühte ich ein Stativ, das hier in der Ecke stand. Und schon konnte ich loslegen. Bevor wir gemeinsam musizierten, spielte ich mich immer erst warm. Dazu bemühte ich immer das gleiche geniale Stück. Mein Lieblings-Piece sozusagen. Es ist ein legendärer Halftime-Shuffle-Groove. Das Shuffle-Pattern wird ostinat auf der geschlossenen Hi-Hat durchgespielt. Zu dem von der rechten Hand gespielten Bass-Pattern wird mit der Bassdrum das berühmte Bo-Diddley-Rhythmus-Pattern hinzugefügt, übrigens ein Clave-Pattern, welches zudem triolisch interpretiert wird. Wichtig ist, dass man statt dem Akzent auf der Zählzeit three and… beim Original die dritte 1/16 Triole der Zählzeit three anschlägt. Der Snaredrum-Backbeat auf der two, sowie die letzte 1/16 Triole der Zählzeit four wird hinzugefügt. Zudem wird der Akzent auf der Zählzeit four als Snaredrum-Backbeat (Takte zwei und drei) hinzugefügt. Alles Roger? Spätestens jetzt dürfte jedem klar sein, um welches nice Piece es sich handelt! Wie jeder weiß,

kommt noch folgendes Schman-
kerl hinzu: Zusätzlich wird dem
Groove-Pattern auf der 5. Triole
der Zählzeit four eine auf der
Snaredrum gespielte Ghost-
Note hinzugefügt. Im weiteren
Verlauf kommen weitere Ghost-
Notes hinzu. Wie in den Takten
fünf bis sieben. Vom ersten A-
Teil notiert. Im B-Teil des Songs
variieren die Bassdrum-Ak-
zente. Interessant sind auch die
Fill-ins, wie in den Takten sechs
und sieben im ersten Teil. Ich
stellte die JAM Playalongs auf
laut. Und schon konnte es losge-

hen. Ach ja, ich habe ganz vergessen zu erwähnen, von wem dieses geniale Stück geschrieben wurde. Es handelt sich um den Porcaro-Shuffle, den man z.B. von Rosanna kennt. So tobte ich mich aus, so dass ich sogar darüber die Zeit vergaß. Gegen halb vier beendete ich meine Session und verließ die Anstalt. Kein Mensch weit und breit. Ich nahm mein Bike und fuhr in unser Coffee Shop. Natürlich konnte man dort draußen sitzen. Mit gebotenem Abstand zu allem und jedem. Als ich ankam, war Dieter noch nicht da. Trotzdem wollte ich mir etwas bestellen, ich hatte richtig Heißhunger auf einen Kaffee. Aber der Bestellvorgang entpuppte sich komplizierter als sonst, lag wohl an der neuen Bedienung. N'Tach! Tach! Was kann ich Gutes für dich tun? Diesen Spruch mag ich am allermeisten. Hörte sich zwar anders an, kostete aber immer Geld. Marketingtrick. Nen Kaffee bitte. Das war schon der erste Fehler. Denn jetzt ging es so richtig ab. Espresso, Cappuccino, Vanilla Latte, Caramel Macchiato, Mocha, White Mocha, Americano, Espresso Macchiato,

Pike Place, Iced Cappuccino, Cold Brew, Cold Brew Latte, Iced Latte, Iced Caramel Macchiato, Iced White Mocha, Iced Mocha, Iced Americano, Java Chip Frappuccino, Coffee, Caramel, Mocha, White Mocha?

Espresso.

Mit Zucker oder ohne?

Mit.

Weißer?

Nein.

Brauner?

Yep!

Einfach oder doppelt?

Einen Doppelten.

Roger.

Roger.

In dem Moment kam Dieter.

Hi.

Hi.

Kannst auch gleich ordern.

Okay, mach ich.

Was darf es sein?

Was gibt es?

Und erneut ratterte sie ihre Liste herunter, die sie perfekt auswendig gelernt hatte. Mit dieser Kompetenz ausgestattet hätte sie ohne weiteres im Fernsehen auftreten können. Kaffee, sagte Dieter genervt. Bring mir einfach einen stinknormalen Kaffee. Die Bedienung guckte verwirrt auf ihr Display und wusste offensichtlich nicht, was sie anklicken sollte. Es sah so aus, als würde sie die Tastatur auf einem Telefonapparat mit Wählscheibe suchen. Dieter sagte noch Schleich dich, worauf sie ihn fragend anschaute; sie kannte den Begriff offensichtlich nicht, und dann ging sie endlich zurück und hinein ins Gebäude, um hoffentlich die Bestellung weiterzureichen. Uff. Terrible, sagte ich. Horrible, legte Dieter nach. Und dann meinte er noch: ein typisches Exemplar der Generation Z. Muss denn immer alles so complicated sein! Obviously, sagte ich. Was sind deine Pläne, jetzt, wo durch Corona alles ein wildes Durcheinander ist, fragte mich Dieter. Weißt du, sagte ich, ich habe drei Projekte als Target. Nummer eins: Ich möchte einen eigenen Channel auf YouTube. Und dafür brauche ich eine Kamera und/oder einen Camcorder. Werde gleich morgen in der Frühe in den Fotoladen hier ganz in der Nähe gehen, um mich beraten zu lassen. Und um was geht es genau? wollte Dieter wissen. Chillen. Chillen und Meditation. Ich gehe in den Wald und stelle den Camcorder auf ein Stativ. Und dann: Action! Wald im Januar. Wald im Februar. Wald im März. Und so weiter und so fort. Immer die gleichen Koordinaten. Immer die gleichen Einstellungen. Oder Part II: Eiche im Januar. Eiche im Februar. Eiche im März. Oder: Eiche im Sturm. Den Film/Die Filme lade ich hoch und das ganze kann man sozusagen als Poster auf einem Flatscreen, beispielsweise in einem Wartezimmer einer Arztpraxis, anschauen - mit bewegten Bildern, of course. Wenn ich viele Likes bekomme, kann ich zusätzlich Werbung schalten. Zweites Grundeinkommen, you know? Yes, antwortete Dieter. I know. Willst du auch bloggen? Yes, good idea! Aber mit den Pics eher vloggen. Ich werde ganz einfach ein Vlogger. In diesem Moment kam die nette Kellnerin Part II, und brachte mir meinen doppelten Espresso und Dieter seinen Coffee. Ich fragte, ob ich einen kleinen Snack ordern könne. Sie sagte: sure! Was gibt's? Oh, da hätten wir

den Triple Chocolate Muffin

den Blaubeer Muffin

den Chocolate Cheesecake Muffin

den Carrot Cake

den New York Cheesecake

die Schoko Torte

den Strawberry Cheesecake

Zitronenkuchen

Marmorkuchen

den Choc Chunk Cookie

den Double Choc Cookie

den Schoke-Donut mit Nougatcremefüllung

den Croissant Bridor

Zimtschnecke

den Chocolate Brownie

Ciabatta Schinken-Käse

Focaccia Tomate Mozzarella

den Breakfast Bagel Bacon and Egg

die vegane Flatbreas Falafel

den Frischkäse Bagel mit Gurke

die legendäre Gold Coin

Kookie Cat

den I Love Snack-Mango

den I love Snack-smoked Almond.

Mittlerweile war die Sonne untergegangen und es war richtig dunkel geworden. Da ich kein Licht an meinem Bike hatte, verabscheute ich mich schnell von Dieter mit dem Ruf wir fonen. Ja, wir fonen, hörte ich noch, während die Bedienung sagte: Wenn euch der Kaffee geschmeckt hat, dann geht doch bitte auf unsere Homepage und gebt uns ein

Like. Jo, machen wir, sagte Dieter und ich war im selben Moment auch schon in der Dunkelheit verschwunden. Mit einem knurrenden Magen! Am nächsten Morgen wachte ich recht früh auf, denn ich hatte dem smarten Lautsprecher den Befehl erteilt, mich zu wecken. Homeschooling würde ja wieder gegen elf stattfinden. So hätte ich genügend Zeit, mir eine Kamera anzuschaffen, zumindest eine Beratung angedeihen zu lassen. Heute früh gab es Porridge, genauso wie die Engländer es zu-

bereiten. Und dazu einen stinknormalen Filterkaffee, allerdings
Fairtrade. Das war mir wichtig.
Als ich mit allem fertig war, ging
ich zu meinem SUV und stieg
ein. Ich drehte das Radio auf
laut. Aber immer das Gleiche
nervt. Die Songs der Eighties,
der Nineties and Today. Immer
das Gleiche, wie furchtbar. Immer das Gleiche. Das kann ich
auch! Ich schaltete das Radio
aus. Als ich zehn Minuten später
in der City ankam, fuhr ich direkt auf den Park-and-Ride-
Parkplatz. Auch dieses Mal
wollte ich wieder ins City Center

gehen. Pünktlich um neun hatte der Fotoladen aufgemacht. Zumindest hing das Schild open hinter der Tür. (Vor oder hinter hängt ganz klar vom Standpunkt ab). Hi, Hi. Was kann ich für dich tun? fragte ein Verkäufer der Generation Y sobald ich eingetreten war. Ich schilderte mein Anliegen und sofort hatte der freundliche Herr eine Kamera aus der Auslage hervorgeholt. Das sei das Beste, das es momentan gäbe, zumindest für das, was ich vorhätte. Ich machte den Fehler und fragte nach, warum das denn die beste Kamera für meine Zwecke sei. Dann prasselte es auf mich ein wie bei einem Starkregen, stakkatoartig fielen Begriffe, die das Objekt der Begierde beschrieben:

Damit funktioniert Direct print. Diese Kamera hat natürlich Digital Single Lens Reflex. Exchangeable Image File Format ist eigentlich heute Standard. Klar können die heute alle Face Detection. Extremes Fisheye ist selbstverständlich. Full HD ist der Mindeststandard, aber diese Kamera kann bereits 4K. Graphic Interchange Format, also GIF ist natürlich auch möglich.

Mit entsprechender SD-Karte 128 Gigabyte Speicherkapazität, also Storage. Global Positioning System (GPS) ist inklusive. Auch hat dieses Stück einen High Dynamic Range. Bevor ich Sie ganz verwirre mit den Fachbegriffen, nenne ich jetzt noch die wichtigsten Features und dann ist erst mal gut, sagte der freundliche Fachberater. Zusätzlich gibt es:

Near Field Communication

Exposure Value

Dithering

Freeware

Docking Station

Firmware

Lazy-Battery-Effect

Flashlight

Dots Per Inch

Portable Document Format – auch als PDF bekannt.

Secure Digital – auch als SD bekannt.

Uff. Ganz leise erlaubte ich mir die Frage zu stellen:

Kann ich damit auch fotografieren? Das zauberte ein imaginäres Fragezeichen auf die ge-

runzelte Stirn meines Gegenübers. Um ehrlich zu sein: Ich
war erschlagen. Ich bedankte
mich förmlich recht herzlich bei
dem überaus kompetenten Fach-
verkäufer und verabschiedete
mich mit den Worten: Vielen
herzlichen Dank für Ihre aus-
dauernde Beratung. Aber ich
muss erst einmal darüber schlafen. Ich weiß nicht, ob ich etwas
Falsches gesagt habe, aber auf jeden Fall schaute er mich entgeis-
tert an. Ich sah zu, dass ich mich
schnellstmöglich verdünnisierte,
denn mir wurde ganz schumm-

rig zumute (Benommenheits-schwindel). Ich war froh, als ich unbeschadet an meinem Fahrzeug ankam, vorbei an der Back-Factory und dem Burger-Laden. Als ich im Begriff war einzusteigen, fiel mir ein, dass ich etwas zum Mittagessen brauchte. Also verriegelte ich mein Vehikel erneut und ging zurück zur Hamburger-Station. Ich zog meine Maske über und ging an den Counter. Zu dieser Zeit ist in der Regel nicht viel los. Ich schaute auf das Display über der Theke und versuchte mir ein Menü zusammenzustellen. Ich konnte mich spontan nicht zwischen einem Chili Cheese Lover Double und einem Chili Cheese Lover Beef entscheiden. Deshalb fragte ich die junge Dame mit dem schicken Hütchen (ich sage ausdrücklich nicht: mit dem chicken Hütchen, denn das könnte missverständlich sein! Die gebeugte Form von chic schreibt man sowieso schick.), worin denn der Unterschied besteht. In dem Chili Cheese Lover Double ist extra viel Beef drinne, sagte sie fachkundig. Und was noch? fragte ich. Doppelt flame-grilled Beef, wie ich ja schon sagte, extra viel Chili-Cheese, Zwiebeln, Salat, Käse, feurige Jalapenos, umhüllt von einem Chili Bun. Danke, aber was ist ein Bum? wollte ich wissen. Da fing sie an zu schmunzeln und sagte: Bi-you-en. Nicht Bi-you-em. Ah, verstehe! Was möchten Sie dazu? Jetzt war ich tatsächlich überrumpelt, denn ich hatte keine Zeit mehr gehabt aufs Display zu schauen. Und die ganzen Piktogramme verwirrten mich dazu. Was haben Sie im Angebot, fragte ich. Aber das war ein Fehler. Denn da der Laden leer war, signalisierte mir die junge Dame mit dem Chic-Hat, dass sie sich für eine ausgedehnte Beratung Zeit nehmen würde. Als Beilage kann ich den Salad Have It Your Way empfehlen. Gibt es einen Grund? Ja, Sie können ihn extra zusammenstellen. Okay, sagte ich. Was kann ich denn da reintuen? Oh, einiges, sagte sie. Zum Beispiel Halloumi. Was issn das? wollte ich wissen. Das ist ein Grillkäse aus der Milch von Kühen, Schafen oder Ziegen, oder aus allen zusammen. Dann Beef oder Chicken. Oder alle drei in deinem

Salat. On top kannst du noch leckere Grana Padano Flakes haben. Und du kannst dir noch ein Dressing aussuchen. Zum Beispiel das Ceasar-Dressing oder Joghurt-Dressing. Ja, das nehm ich, sagte ich. Auch hier ein Fragezeichen auf der Stirn. Um es einfach zu gestalten, sagte ich: von allem etwas. Das war eine klare Ansage. Denn jetzt endlich wandte die Dame ihren Blick weg von mir auf ihre ureigensten Tools. Kohlenhydrate brauche ich auch noch, sagte ich, aber da weiß ich schon, was ich will: und zwar die Chili Cheese Fries.

Small. Medium. Large? Medium! Okidoki. Ketchup? Yes, please, sagte ich, aber schnell korrigierte ich mich, denn wir sind ja hier in Deutschland. Ja, bitte! Okidoki. Noch ein Getränk? Nein, aber einen süßen Snack noch, vielleicht ein Cake. Aber mit Topping. Ohne Topping, das ist für mich ein No-Go, ich nehm das alles mit nach Hause. Also nicht hier essen? Nein. Tüte, bitte. 13.50. Schon so spät? Nein, es ist 10:40. Das ist der Preis. Oh, dann muss ich mich sputen. Wir schlossen die Transaktion ab und ich rannte so schnell ich konnte zu meinem Vehikel. Als ich zuhause ankam, verstaute ich das Essen in der fridge. Ich würde es später, nach meinem Homeschooling, in die Mikrowelle stellen. So, schnell Laptop einschalten und die Videokonferenz-Tools anklicken. Ich hatte noch drei Minuten, und dann würde auch schon der Unterricht in der neun anfangen. Hier ging es heute um Wörter, die aus einer anderen Sprache entlehnt sind oder ganz neu gebildet wurden, Neologismen. Heiko würde heute einen Kurzvortrag halten, sofern er denn fit ist. Einige meiner Schüler*innen hatten zur Zeit – Überraschung (!) - die Grippe und konnten nicht einmal am Homeschooling teilnehmen. Wie im richtigen Leben. Nach und nach hatte ich alle Schüler*innen zusammen. Ich bin immer wieder froh, wenn ich das Gendersternchen benutzen kann, denn damit zeige ich, dass ich sensibel bin, was Gender-Speech und vor allem Gendergerechtigkeit betrifft. Laut Duden gehört das Gendersternchen mittlerweile zur deutschen Sprache. Und der Duden ist für mich in Puncto Rechtschreibung die absolute Guideline. Diesbezüglich gibt es im Duden jetzt auch neue Wörter. So gibt es tatsächlich Gender-Mainstreaming. Und gendern, und zwar als Verb. Genderstudies schreibt man zusammen. Gender-Gap bezeichnet die Ungleichheit zwischen den Geschlechtern. Dann gibt es noch genderfluid und genderqueer (fast das gleiche) sowie genderneutral. Genderismus und Genderisierung gibt es mittlerweile auch schon, zumindest stehen sie in der neuesten Ausgabe des Duden (28. Auflage). Gender selbst steht für Geschlechtsidentität. So bin ich zum Beispiel ein sogenannter Cis-Mann. Zunächst reagierte ich erschreckt, als ich davon erfuhr, ich dachte, ich bin nicht normal, (aber was ist in diesem Zusammenhang normal?) zumal noch Begriffe wie Cisgender, auch Zisgender geschrieben, Zissexualität und Zissexualismus ins Spiel kamen. Es gibt auch die Cis-Frau. Cis-Mann bedeutet beispielsweise in meinem Fall, dass in der Geburtsurkunde männlich steht und man sich später auch männlich fühlt. Was heißt das schon. Denn zu männlich darf man dann auch wieder nicht sein, denn dann macht man ja die Sandburg am Strand kaputt oder schlägt andere Kinder mit der Schaufel (gemeint ist nicht die richtige, echte Schaufel, sondern das rosa Schaufelchen aus Plastik). Darauf kommt es nämlich an. Also bin ich Teil einer Minderheit? Keine Ahnung. Aber das Gefühl kann einen schon mal erschleichen, wenn man sich bestimmte Tweets anschaut, die gerade zu diesem Thema trenden. Und das kommt immer häufiger vor. Darin ist oft die Rede von bigender, von gender variabel, von intersexuell, von weder noch, von geschlechtslos, von nicht-binär (ich bin binär!), von weitere, von Pangender, von Pangeschlecht, von trans, von transweiblich und transmännlich, von intergender, von inter*Mensch und so weiter and so forth. In anderen Tweets, und zwar vor allem in Bezug auf Cancel Culture, wird auf die Form oder auf gutes Benehmen überhaupt keine Rücksicht genommen, da hagelt es nur so von Beschimpfungen und Beleidigungen, mit ganz vielen

Neologismen, da wird geschimpft wie ein Rohrspatz es tut, Hatespeech eben, wobei wir wieder beim Thema wären. So einfach gehts! So, Heiko, dann leg mal los, sagte ich in die Runde. Ich konnte alle Schüler auf meinem Screen sehen. Das war schon mal ein gutes Zeichen. Also, fing Heiko an, Neologismen sind… Das hat er gut gemacht. Jetzt weiß jeder, worum es sich hierbei handelt. Und jetzt kam er mit Beispielen. Die meisten der Schüler*innen hatten diese Wörter zwar schon einmal da und dort gehört, ihnen war aber nicht bewusst, dass es eben diese Neologismen sind. Heiko: Anglizismenfanatik, das beschreibt zum Beispiel die Unfähigkeit einen Filmtitel zu translaten. Ein example wäre beispielsweise der amerikanische Film *No Country for old Men*. Denn der lief in den deutschen Kinos unter dem Namen *No Country for old Men*. Ein weiters Beispiel wäre *The Dark Knight*. Auf deutsch: *The Dark Knight*. Verstanden! Konnte man es allenthalben murmeln hören. Schön erklärt, Heiko, sagte ich, um dem sonst sehr schüchternen Guy Mut zu machen. Was kommt als nächstes? fragte Helena, typisch, ungeduldig und flink wie immer. Auftragstroll, festangestellte Online-Trolle, die die öffentliche Meinung manipulieren. Das hatten wir im vorletzten Wahlkampf in den USA. Bangster, das sind Finanzmanager, die mit Kundengeldern den Staat bescheißen. Barfen (Verb), das Dosenfutter stehen lassen und Hund und Katz mit Fleisch oder Knochen füttern, man könnte auch sagen eine biologisch artgerechte Rohfütterung. Dann hätten wir noch

Brexodus, bezeichnet die Abwanderung der Londoner Banker in andere Finanzmetropolen, wie beispielsweise Frankfurt. Boreout, das kennt ihr alle, das Gegenteil von Burnout, es bezeichnet Langeweile und/oder Unterforderung. Christfluencer, Hardcore Christen, die auf ihren Social Media Channels erklären, dass zum Beispiel Abtreibung Massenmord ist. Es ist ein Kofferwort aus Christen und Influencer. Vöner, fleischloser Döner. Usability, gibt Auskunft darüber, wie nützlich ein Produkt ist. Eins-zu-Eins-Übersetzung aus dem Englischen: *the fact of something being easy to use, or the degree to which it is easy to use (Cambridge Dictionary)*. Dann haben wir noch gastrosexuell, das sind Männer, die gerne und extensiv kochen. Mein letztes Wort ist Gesichtsgünter, das ist jemand, der hässlich ist. Wow, wieder was dazugelernt, sagte ich. Den muss ich mir merken! Nach dem Feedback gab es noch eine angemessene Aufgabe für alle, die mit Hilfe des dreidimensionalen Deutschbuches erarbeitet werden sollte. In der Zwischenzeit machte ich mir einen Tee. Das ist der Vorteil von Homeschooling. Am Ende der Stunde ließ ich mir die Zwischenergebnisse zeigen und verabscheute mich für den Tag, nicht ohne noch Hausaufgaben zu geben. Denn darauf legten die Eltern einen großen Wert. Wohl weil sie es aus ihrer Schulzeit nicht anders kannten. Muss man ja auch verstehen! Hausaufgaben kamen eigentlich aus diesem Grund immer gut an. Wieder verabschiedete ich mich mit ei-

nem coolen Gruß: Bis danni-mansky. Boah, das kam be-stimmt gut an! Man will ja immer auf der Höhe der Zeit bleiben, auch wenn man ein Boomer ist. Vor dem Nachmittagsunterricht wollte ich noch mal in die City. Mir einen Camcorder angucken für mein Online-Projekt. Aber zuallererst: mein Lunchpaket. Darauf hatte ich mich schon die ganze Zeit gefreut. Wie geplant, schob ich es in die Mikrowelle. Nach 30 Sekunden war es fertig. Auch hier gibt es jetzt eine kleine Pause. Bis nachher!---------
----

---Sorry. Bin auch nur ein Mensch, bin noch mal in einen Tiefschlaf gefallen. Kommt schon mal, besonders bei Lehrer*innen vor. Lehrerschlaf meets Tiefschlaf. Ich streifte mir meine Bluejeans über und entschied mich für meinen Blazer. Ich machte mich auf die Socken, dieses Mal nahm ich mein All Mountain Bike. Auf halber Strecke winkte mir ein junger Mann in einem schicken Trenchcoat und rief mir etwas zu. Da ich meine In-Ear-Kopfhörer im Ohr stecken hatte, wo sonst, verstand ich nicht gleich. Ich bremste und fuhr in einem halben Bogen zu dem jungen Mann. Es war Ivan, ein ehemaliger Schüler von mir.

Mittlerweile bestimmt 25. Gude Herr Grande, sagte er. Was geht? antwortete ich. Schön Sie mal wieder zu sehen. Ganz meinerseits. Und da ich unbedingt wissen wollte, was aus Ivan geworden war, fragte ich ihn, ob er Lust hätte, mit mir gemeinsam ein Stück in Richtung City zu gehen. Ivan fand die Idee gut. Und so erfuhr ich, dass er nach seinem Gap Year BWL studiert hat und jetzt einen eigenen Laden besitzt. Was genau machst du? wollte ich wissen. Ich habe ein Start-up gegründet, wir sind zwei, und es geht um Private

Equity. Hört sich interessant an, aber was iss'n das? Private Equity bedeutet, dass wir Geld einsammeln, das können Privatleute sein, oder auch institutionelle Anleger. Wir suchen Targets, also Firmen, mit einem hohen und stabilen Cashflow. Unsere Transaktionen werden dann in Form eines Leveraged Buy Out (LBO) vollzogen. Und mit dem Leverage-Effekt kann man ganz okay leben. Auf jeden Fall stimmt meine Work-Life-Sleep-Balance. Arbeit ist nicht alles. Da hast du recht, Ivan, sagte ich. Und wie läuft es bei Ihnen, Herr

Grande? Immer noch an der Schule? Danke, läuft bei mir, sagte ich, bemüht, den richtigen Ausdruck zu treffen. Momentan Homeschooling – aus bekannten Gründen. Und du, wo arbeitest du? Ich arbeite, sagte Ivan, genauso wie Sie von zuhause aus, zumindest momentan. Also nicht im Homeoffice, denn das ist ein falscher Anglizismus, sondern from home, oder auch remotely. Oder remote working. Das Home Office ist das Innenministerium in Großbritannien. Ah, wusste ich nicht, warf ich ein. Ich brauche allenfalls meinen Laptop und das war's. Prinzipiell könnte ich auch am Strand sitzen und arbeiten, wenn es denn hier einen gäbe. Ein No-Brainer. Typisch Generation Z, fügte er noch hinzu. Welche Branchen sind denn im Moment interessant? wollte ich noch schnell wissen. Ich hatte nämlich vor, mich als Daytrader zu versuchen und suchte vielversprechende Investments. Ich wollte nämlich nicht bis 80 in meinem Job als Lehrer arbeiten. Was wirklich trendy ist, sagte er in neudeutschem Slang, ist die

AR-Branche. Aber auch VR und AI sind sehr aussichtsreich. Und XR. Extended Reality. Cross Reality. Warten Sie mal ab: Wenn die Brand mit dem Apfel die Glasses rausbringt, läuft jeder mit so einem Gadget rum. Dann starren sie wenigstens nicht mehr die ganze Zeit auf ihr Smartphone und rennen in die Bahn oder den Bus, oder die Radfahrer*innen. Weniger Unfälle insgesamt. Viel weniger! Ich schaute auf meine Uhr und musste feststellen, dass ich keine Zeit mehr haben würde, in den

Fotoladen zu gehen. Ich bedankte mich vielmals und wünschte Ivan noch alles Gute, vielleicht sieht man sich ja wieder und viele Grüße an seine früheren Mitschüler*innen. Bye, sagte er und schon schwang ich mich auf mein Rad, um in der Lage zu sein, meinen Nachmittagsunterricht pünktlich zu beginnen. Das war aber eine nette Begegnung, dachte ich. Es ist immer wieder schön zu sehen, dass der Unterricht zu irgendetwas Gutem geführt hat. Filme standen auf dem Programm. Mit einer Oberstufenklasse. Nachdem uns bereits ein Mitarbeiter vom Filminstitut an unserer Schule besucht hatte, waren die Kids mit dem notwendigen Fach-Denglisch vertraut. Zumindest in der Theorie. Heute sollte es um einen bestimmten Film gehen, den es galt auseinanderzunehmen. Mal schauen. Während des Projekttages war es zu unschönen Szenen gekommen, die außer mir wahrscheinlich keinem aufgefallen sind. Warum? Nun, ich würde sagen, dass es mittlerweile zum guten Ton gehört, zu spät in eine laufende Veranstaltung hineinzuplatzen.

Oder während sich andere abmühen, um möglichst clever die Message heim zu bringen, sich laut mit dem Nachbarn zu unterhalten. Oder alle zwei zusammen und das mit einem Döner in der Hand, einem Döner vom Döner-Laden um die Ecke mit alles und mit scharf. Einfach nur widerlich. Dazu dieser ekelhafte Gestank. Öff de Möff. Ich esse auch gerne einen Döner, vor allem mit alles und mit scharf, aber im engen Klassenraum mit 32 Menschen, bei geschlossenem Fenster ist das ein No-Go! Und zwar ein absolutes. Es grenzt an

Körperverletzung. Aber man kennt es ja von der Bahn. Selbst in Zeiten von Corona werden Nahrungsmittel trotz Masken-pflicht unter Umgehung der Vorgaben sinnlos in sich hinein-gestopft, wobei das Schnuffel-tuch für den jeweiligen herzhaf-ten Biss heruntergezogen wird. Manches Mal erscheint es mir, als könnten Menschen in diesem unserem Lande nicht überleben, wenn sie nicht im Takt von fünf Minuten etwas in sich hinein-stopfen oder wie eine Amsel per-manent die Tülle im Schnabel haben. Die Amsel hat zwar keine

Tülle im Schnabel, aber die Kopfhaltung ist dann ähnlich. Die Zwei-Liter-Flasche auf die Unterlippe setzen, den Kopf zurückwerfen, das Schnuffeltuch nach unten ziehen und einfach laufen lassen. So dass sich der Kehlkopf in konvulsivischen Bewegungen immer wieder vorstülpt. Wie ich das hasse! Unfassbar. Sei's drum. Nun gut. Ich stellte mein MTB in die Garage und ging das Treppenhaus hoch. Zum Glück hatte ich noch ein wenig Zeit, einen Tee zuzubereiten. Parallel dazu machte ich den

Laptop an und klickte das Video-Tool an. Nachmittags kann es schon mal dauern, bis alle beisammen sind. Das hängt bestimmt auch mit dem Blutzuckerspiegel zusammen, der in der Mittagszeit abgesenkt ist. Morgens, gleich um sieben Uhr 30, kannst du den Unterricht vergessen. Da schlafen alle noch. Nach elf ist der Unterricht für die Katz, denn da ist die Konzentrationsfähigkeit völlig im Eimer. Und alle denken schon ans Mittagessen oder ihr Lunchpaket. Das Zeitfenster, in dem effektiv gearbeitet werden kann, und das ist meine Erfahrung, dauert von 9.30 Uhr bis 11 Uhr. Wobei um 9:30 Uhr die große Pause anfängt. Pech gehabt. Wie ich es erwartet hatte, trudelten die Schüler*innen peu a peu ein, so dass wir mit einer Viertelstunde Verspätung mit den Lessons beginnen konnten. Alles im grünen Bereich. Zunächst durfte in einer offenen Runde jeder und jede seinen oder ihren Lieblingsfilm vorstellen. Es ist, davon bin ich auch ausgegangen, keine Überraschung, dass sich kein einziger Film darunter befindet, der zu irgendeinem Kanon

passt, schon gar nicht zum Film-
kanon der Bundeszentrale für
politische Bildung (bpb). Ich persönlich würde die genannten
Filme unter der Kategorie
Schrott subsummieren. Aber
diese Einschätzung behielt ich
logischerweise für mich. Das Er-
gebnis ist im Übrigen ähnlich,
wenn es sich um Romane handelt. Mit Kunst hat das oft nichts
zu tun. Und nach dieser ersten
offenen Runde wurden zunächst
Begriffe gesammelt, die die Kids
mit Filmen in Verbindung brach-
ten. Das konnte sich schon sehen
lassen, die kannten sie von ihren

Serien, die sie auf Netflix schau-
ten. Fernsehen gucken ist out.
Filme auf dem Laptop gucken ist
in. Und das am besten liegend.
The Times They are A-Changin',
um es auf Deutsch auszudrü-
cken. Kennt doch jeder, Bob
Dylan, oder etwa nicht? Plot,
Setting, 4K, zoomen, Box Office,
Cinema, Director, Director's Cut,
Rocky Balboa, Szene, Flashback,
Star, Arnold Schwarzenegger,
Actor, Actress, Borat, Ali G. wa-
ren einige der genannten Be-
griffe. Das war schon mal eine
gute Arbeitsgrundlage. Haus-

aufgabe war, sich eine bestimmte Filmszene auf YouTube
anzuschauen und sich Notizen
dazu zu machen. Das war es
auch schon wieder und ich verabschiedete mich mit einem weiteren passenden Ausdruck: cu.
Das kam bestimmt gut an. Ich
machte den Laptop aus und bereitete mich auf mein Training
vor. Dreimal in der Woche spiele
ich nämlich Federball. Aber es ist
mehr als nur den Ball hin und
her kloppen, es ist richtiges Bad-
minton. In der Halle, mit Netz,
1,524 Meter in der Mitte. Das
brauchte es schon, und 1,55m an

den Pfosten. Das Training würde um sechs beginnen, erst warm-machen, dann eine Trainingseinheit, und danach freies Spiel. Das mochte ich besonders, denn man konnte seinen ganzen Frust und was weiß ich noch alles los-werden. Doppel. Doppel mag ich am liebsten. Meistens weniger anstrengend als einzeln. Bis dahin konnte ich mich aber noch ein wenig meinem wohlverdienten Lehrerschlaf hingeben. Gute Nacht!-----------------------------------
----

Gegen fünf wachte ich auf und machte mir ein Sandwich und einen Tee, so dass ich den Abend gut überstehen würde. Ich holte meinen Trainingsanzug aus dem Schrank und streifte ihn mir über. Jetzt nur noch die Sports Bag und schon konnte ich los.

Ich holte das Bike aus der Garage und fuhr zum Gym. Auf halbem Weg traf ich auf Georg. Auch er war unterwegs zum Training. Gude Georg, sagte ich. Was geht, Roy? sagte er. Alles fit? Ja, bin gerade im Homeoffice. Bin froh, dass wir wieder spielen können. Werde ja sonst verrückt. Echt krass. Georg war nicht mein bester Freund, dafür waren wir zu unterschiedlich. Er musterte andere immer mit abwertenden Blicken, das fiel schon auf, übrigens nicht nur mir. Bei einer Bergwanderung in ausgesetztem Gelände würde ich nicht unbedingt auf ihn setzen, falls du auf Hilfe angewiesen wärst. Er würde dir wahrscheinlich noch den finalen Schubser geben. Mit anderen Worten: Ich glaube, er würde sogar seine eigene Großmutter verkaufen, wie man so sagt. Ich weiß es nicht, ob es sich tatsächlich so verhalten würde, aber es war halt mein Eindruck. In einer so ungefährlichen Situation, wie sie im Gym vorkommt, war ich auf Nummer sicher. Auch der Hallenwart kann ein Lied von Schorschs Ausrastern erzählen. Die meisten nannten ihn Schorsch, einige Schursch und wieder andere Erdbeer-Schorsch. Warum Erdbeer-Schorsch? Das kann ich nicht sagen, vielleicht mochte er gerne Erdbeeren. Oder er kannte das Kinski-Buch. Ich weiß es nicht. Im Vertrauen sagte der Hausmeister: Noch ein Vorfall, und der bekommt Hausverbot. Worum es genau ging, verriet er mir nicht. Erdbeer-Schorsch war Briefzusteller. Als wir ankamen, schlossen wir unsere Räder ab und bewegten uns ins Gym. Die Duschen waren wegen der Hygieneregeln geschlossen. Das merkte man am Geruch. Es roch besser als sonst. Wenn nämlich Betrieb in den Umkleiden und Duschen herrscht, kann es schon einmal vorkommen, dass der gesamte Eingangsbereich wie Katzenpisse riecht. Oder nach Schafen und Ziegen. Ich glaube, der Vergleich stimmte. Es sind vor allem Schulkinder, die normalerweise in der Frühe hier Sportunterricht haben und die nach der sportlichen Betätigung direkt in ihre Straßenkleidung wechseln, ohne zu duschen. Das war zu meiner Schulzeit nicht anders. Schursch und ich machten uns gleich daran, ein Netz aufzubauen. Und zwar nicht irgendwo, sondern parallel zu der Baseline. Um die Höhe des Netzes zu evaluieren, stellte sich Schorsch direkt davor, und zwar genau in der Mitte des Courts, und sagte, das Netz muss genau in Höhe meiner Nasenspitze sein. Das bedeutete für mich, dass ich ein wenig, vielleicht etwa drei Millimeter, nachjustieren musste. Als die perfekte Höhe erreicht war, sprang Georg zurück ins Feld, ohne einen Laut von sich zu geben. Diesem

Schauspiel durfte man dreimal pro Woche beiwohnen. So lief das bei uns. Der Court war glücklicherweise schon vormarkiert. Somit war auch der Backcourt sichtbar markiert. Die Back Alley war etwas verblasst. Klar, ist ja nur ein Streifen Kunststoff, der im Laufe der Jahre durch die enorme Beanspruchung seine Farbe verliert. Die Spielfelderweiterung, im Fachjargon Alley, war auch markiert, und zwar 1,5 Feet auf beiden Seiten – für das Doppel. Long Service Line und Service Court waren auch gut zu sehen. Als wir mit dem Aufbau fertig waren, ging es an das Warm Up: Wir joggten erst einmal durch die Halle, und zwar für zehn Minuten. Wir waren immer noch die einzigen. Hast du Bock auf ein Match? fragte ich Georg. Wie es seine Art ist, gab er keine Antwort, er blickte nur verschroben von links unten nach rechts oben, holte sein Racket, das auf der Bank lag und stellte sich in den Service Court. Damit war klar, dass er zuerst aufschlagen wollte. Leider hatte er aber keinen Shuttlecock (Shuttle). Zum Glück hatte ich eine

Rolle mit neuen Shuttlecocks dabei. Eigentlich business as usual, so würde es der Engländer am ehesten beschreiben. Ich reichte ihm einen Ball und schon servierte er, ohne zu warten, bis ich in meinem Feld war. Er traf aber die Short Service Line nicht, die 6,5 Fuß vom Netz entfernte Linie, die der Shuttlecock beim Aufschlag überschreiten muss, um gültig zu sein. Auch der zweite Service misslang. Das führte dazu, dass er sich den Saiten seines Raquets zuwandte und versuchte, sie neu zu ordnen. Als ob das der Grund für seine Fehlschläge gewesen wäre. Man muss dazu wissen, dass Georg ein schlechter Verlierer war. Es kam schon mal vor, dass er das Raquet im Stile eines Nowak Djokovic malträtierte, wenn er am Verlieren war. Und das kam eigentlich jede Woche vor. Und zwar bei jeder Trainingseinheit. Er war nicht der beste Spieler im Verein, eher solides Mittelfeld. Das wusste er aber nicht. Er führte sich auf, als ob er für Olympia trainieren würde, und das in einem Alter, in dem er locker Opa hätte sein können. Auch das wusste er nicht. Nach

Adam Riese hatte ich jetzt Aufschlag. Ich versuchte es mit einem Drive-Aufschlag, der offensichtlich überraschend für Georg war, denn der Shuttlecock landete genau auf der Brust meines Gegenübers. Danach versuchte ich einen Swip. Auch das verwirrte Georg und er schlug am Shuttlecock vorbei, gerade wie ein Schattenboxer. Wieder versuchte er seine Saiten zu ordnen. Daran lag's offensichtlich. Jetzt probierte ich einen leicht gespielten Aufschlag. Schursch antwortete mit einem Cross. Dieses Mal hatte ich keine Chance.

Nach einem weiteren Aufschlag von Georg passierte mir ein unforced Error. Kommt schon mal vor. Und so ging es hin und her, bis unser Trainer kam. Mittlerweile war auch ein Großteil der Mannschaft bereits da. Ich hatte gar nicht bemerkt, wie um uns herum weitere Courts aufgebaut wurden. So vertieft war ich in unser Spiel. Auf geht's Leute, sagte Steve, unser Trainer. Heute würden wir den Vorhand-Smash üben. Deshalb sollten sich jeweils zwei Paare zusammentun, um in einem Court die Übungen durchzuführen. Aber vorher zeigte Steve noch, wie so ein Smash technisch einwandfrei ausgeführt wird. Dazu beorderte er Georg in das gegnerische Feld und ließ sich von Irmi einen Ball spielen. Diesen unterzog er dann einem Vorhand-Smash, der auf Georgs Seite landete. Landete war genau der richtige Ausdruck, denn Schorsch hatte keine Chance, den Smash zu parieren. Immer wieder wandte er sich dann der Bespannung seines Raquets zu und versuchte die absolut geraden Saiten nachzujustieren. Es half aber nicht.

Fairerweise muss man dazu sagen, dass Steve in der Zweiten Bundesliga spielte. Kein Mensch in unserem Verein hatte eine Chance gegen ihn. Das fand ich unglaublich. Und zwar nicht mal den Hauch einer Chance! In der zweiten Phase des Trainings übten wir den Jump-Smash. Auch wieder in Zweiergruppen. Nach einer Stunde Training waren die meisten ausgepowert. Im Anschluss dann noch freies Spiel, je nach Gusto. Als ich gegen neun Uhr nach Hause kam, war ich fix und alle und musste erst einmal unter die Dusche. Ich wollte früh ins Bett, da ich am nächsten Morgen wieder Homeschooling hatte. Gute Nacht! -----------------

----

----------------------Für die Oberstufe suchte ich noch nach einem geeigneten Film, an dem man die Begriffe zum Thema Film festmachen konnte. Festmachen ist ein typischer Begriff an unserer Schule. Alles wird an irgendetwas festgemacht. Auch muss alles evaluiert werden. Seit etwa 2010 muss alles evaluiert werden. Und dann weiterreichen und abheften. Das ist wichtig. Was danach damit passiert?

Keinen blassen Dunst. Und alles muss heruntergebrochen werden. So dass es der allerletzte versteht. Auch seit etwa fünf Jahren in Gebrauch. Und alles muss nachhaltig sein. Das scheint auch enorm wichtig zu sein. Ich mag besonders gerne White Male Paranoia Movies, so wie American Psycho, deutscher Titel: American Psycho, aber die sind meistens etwas zu hart für die Oberstufenschüler. Der Film, den ich zeigen möchte, sollte bestimmten künstlerischen Standards gerecht werden. Auch wieder so ein Modebegriff unseres Jargons. Es gibt keine Lehrpläne mehr, sondern Bildungsstandards. Muss man wissen, sonst ist man out und wird gedisst. Ich denke, dass die meisten mit einem Underground-Film nicht viel anfangen können, deshalb werde ich diesen Gedanken fallenlassen. Dieses Genre entspricht einfach nicht den Erwartungshaltungen. Ein sogenannter Maccheroni-Western ist heutzutage auch nicht mehr unbedingt up to date. Ähnliches gilt für den Acid-Western. Finger weg! Zumindest in der Schule.

Backwood-Fime sind nicht gene-dergerecht, da es meist um männliche Protagonisten geht. Dann fühlen die anderen sich wieder benachteiligt. Oder doch besser einen Pennäler-Film? O-der Lümmel-Film oder Pauker-Film? Alleine diese Namen spre-chen Bände! Da gibt es ja bei uns ein reichhaltiges Angebot. In dem Zusammenhang fällt mir als allererstes Die Feuerzangen-bowle mit Heinz Rühmann ein. Ist zudem aktuell und ganz nah an der Lebenswirklichkeit der Oberstufenschüler. Ist sogar

Kult. Wird an den Unis geschaut, vor allem in der Weihnachtszeit. Echt jetzt! Aber nicht bei den Juristen oder Medizinern, sondern bei den Filmstudenten. Das erklärt womöglich einiges. Warum sage ich das? Nun, eigentlich schreiben wir das Jahr 2020. Die Feuerzangenbowle stammt aus dem Jahr 1944. Trotzdem hat sich bis heute einiges gehalten. Wenn ich im Herbst und Winter morgens zur zweiten Stunde an die Schule komme und mit meinem All-Mountain Bike an den Bauten entlang cruise, dann sehe ich zu 95 % den Lehrer oder die Lehrerin (besser: die Lehrer*innen) vorne am Pult stehen und die Schüler mit Endlosmonologen in den Schlaf lullen. Die Schüler sitzen meist in Reih und Glied in der sogenannten Omnibus-Formation. Von einem Sitzplangenerator oder Sitzplankonfigurator dürften die wenigsten etwas gehört haben. Alleine diese Szene drückt etwas über die Beziehung und Erwartungshaltung Lehrer*innen/Schüler*innen aus. (Wie ich das * liebe!) Auch ist meine Erfahrung, dass viele Schüler*innen so konditioniert sind, dass sie sich förmlich nach dieser räumlichen Aufteilung sehnen. Werden Bilder von Klassenräumen mit Schüler*innen und Lehrer*innen in den Medien gezeigt, sieht man eigentlich immer die gleiche Anordnung. Schaut man sich heutzutage einen Film im Deutschen Fernsehen über Schule an, so kann man die gleichen Sprüche und Gags hören, die man bereits von der Feuerzangenbowle kennt. Ich denke da vor allem an die Reihe mit Katja Riemann als

Direktorin. Einfach nur furchtbar. Was ist in den letzten 76 Jahren passiert, dass immer noch
die gleichen Bilder und Phrasen
bei uns im Kopf herumschwir-
ren? Ist das die deutsche Leitkul-
tur? frage ich mich. Es handelt
sich vor allem um Gags, über die
ich noch nie lachen konnte, noch
nicht einmal als Kleinkind, als
Toddler. Und das will schon was
heißen. Ich denke, es ist eine
gute Idee, mich morgen mal mit
Dieter zu treffen und über dieses
Thema zu reden. Dieter ist nämlich ein sogenannter Cineast. In
der Tat scheint er jeden Film zu

kennen. Unfassbar! Am nächsten Morgen stand ein riesengroßes Paket im Hausflur. Wie sehr musste mich der Postbote hassen. Ich versuchte es in die Wohnung zu kicken, aber das war unmöglich. Es war das Drum Set, das ich mir vor zwei Tagen online bestellt hatte. Ich holte mir mein Outdoor-Messer und öffnete die Kiste. Dann versuchte ich die kleinen Pakete nacheinander herauszuschälen. Morgen. Morgen. Interessierte Blicke des Nachbarn, hat aber nicht die Chuzpe zu fragen, was wir denn da haben. Macht nix.

Energie gespart! Zuerst holte ich das Drum-Modul mit 20 Presets und User-Kits. Es würde 697 Sounds erzeugen können. Wau! Ich meine Wow! Es war ein Wow-Effekt. Es waren 57 Songs gespeichert und es hatte einen 4-Band Equalizer. Noch mal Wow! Zusätzlich gab es noch einen Fader und ein Line-Out. Der Fader kontrollierte die Lautstärke der Pads, der Effekte und des Equalizers. Ich kam aus der Wohnung heraus und grapschte mir das Zweizonen Mesh Snare Pad. Als ich wieder zurück war, holte ich die drei Tom Pads. Danach das

Mesh Head Kick Pad. Als nächstes schaufelte ich das Hi-Hat Pad mit Controller aus der Kiste. Als ich zurückkam, blieben nur noch das Crash Pad und das Ride Pad, das Rack, die Hi-Hat Maschine und die Fußmaschine, sorry, foot machine. Am liebsten hätte ich die leere Kiste die Treppe runtergekickt, dann hätte ich mir keine Gedanken über die Entsorgung machen müssen. Genauso, wie es die anderen auch machen. Aber dann siegte die Vernunft und ich nahm das Teil mit in die Wohnung, um es sofort in kleine Pappstreifen zu zerteilen. Für solcherlei Aufgaben hatte sich mein japanisches Küchenmesser bewährt. Ich brachte die Schnipsel zunächst in die Papiertonne, die vor unserem Eingang stand, damit ich danach in aller Ruhe das Set würde aufbauen können. Zunächst holte ich die Einzelteile aus der Umverpackung. Auch danach hatte ich reichlich Kartonage in meiner Wohnung. Die würde ich aber erst morgen entsorgen. Ich wollte endlich spielen. Dabei hatte ich noch nicht einmal das Rack aufgebaut. Dazu öffnete ich das Tutorial auf meinem Smartphone und ging systematisch vor. Ich brachte Tom 1, 2 und 3 an dem Rack an. Das ging easy. Nice. Danach verschraubte ich die Snare. Auch das ging locker vom Hocker. Jetzt nur noch die Ride und das Crash-Becken montieren und danach die Hi-Hats auf die Maschine bringen. Ich war froh, dass das Pad einen Controller hatte. Jetzt fehlte nur noch das acht Zoll Mesh Head Kick Pad. Snare und Toms übrigens auch Mesh. Die Sticks waren zum Glück dabei, denn somit würde ich gleich meinen gelieb-

ten Shuffle spielen können. Er-
freulicherweise waren sie aus
Maple gefertigt. Crazy. Am
Schluss wurden die einzelnen
Parts mit dem Modul verkabelt.
Das Modul war mit 20 Presets
und mit ebenso vielen User-Kits
ausgestattet. Ich war sage und
schreibe drei Stunden mit dem
Aufbau beschäftigt. Ohne Break.
Das Zerschnippeln der Kartonage würde morgen noch einmal die gleiche Zeit in Anspruch
nehmen. Ich stellte mein Smartphone auf laut und machte die
News an. Lockdown. Sie nennen
es Lockdown. Es ist einfach nur

lächerlich. Es ist nicht zu vergleichen mit Neuseeland. Da durfte
keiner sein Haus verlassen. Oder
Südkorea, auch eine Demokra-
tie. Da sind die Zahlen seit Mo-
naten auf einem niedrigen Ni-
veau stabil. Und hier heißt es immer die Wirdschaft oder die
Wärdschaft, gemeint ist die Eco-
nomy. Und hier geht alles weiter
wie gehabt. Am lautesten mel-
den sich die Kneipen zu Wort.
Vor allem die in Köln. Wenn
Sperrstunde angedroht wird ab
1 Uhr nachts, gibt es beinahe
Bürgerkrieg. Unfassbar! Wer
kann an einem stinknormalen

Arbeitstag bis ein Uhr in der Nacht in einer Kneipe rumhängen? Das erschließt sich mir nicht. Man könnte meinen, sie seien alleine für Deutschlands Wirtschaftskraft verantwortlich. Ein Land der Kneipiers und Bedienungen. Unfassbar. Womöglich noch Exportschlager. Oder Exportweltmeister. Das ist natürlich totaler Schwachsinn. Aber es könnte tatsächlich Wirklichkeit werden, wenn die neue Seidenstraße fertiggestellt ist. Dann gibt es im Service-Sektor wahrhaft genügend zu tun.

Deutschland am besten zu einem Disneyland machen, um den finanzkräftigen Touristen aus Fernost etwas Vernünftiges bieten zu können. Aber das war, zumindest jetzt noch, Zukunftsmusik. Ich war geschockt......................Cut…

....
....
....
....
....
....
....
....
....

....

....

....

....

....

....

....

....

....

PART TWO

Ich war zunächst verzweifelt. Die Zahlen waren zuletzt exponentiell gestiegen und vier Wochen Lockdown standen vor der

Tür. Ich musste mir eine Überlebensstrategie ausdenken. Vor allem hatte ich keinen Bock auf undisziplinierte Menschen. In der Bahn. Im Wald. Auf der Straße. Im Supermarkt. Beim Bäcker. Beim Arzt, bei der Pizza to go. Gestern Abend gab es mal wieder Ausschreitungen in Frankfurt. 800 Jugendliche, so heißt es in den Medien, griffen ein massives Aufgebot an Polizist*innen an. Man nennt diese Menschen Partypeople. Oder Eventpeople. Hie und da hört man, das müsse man doch verstehen. Jetzt, da

man nicht zur Eintracht darf. O-
der jetzt, da die sogenannten
Clubs geschlossen haben. Manch
einer ist der Meinung, das alles
geschieht, weil die Partypeople
keinen Garten haben (!). Ich
schaue mir dann immer die Bilder auf Instagram an. Warum?
Nun, ich bin sicher, dass ich den
einen oder anderen dieser Ju-
gendlichen, die teilweise weit
über 20 Jahre sind, ja manche
sind sogar so alt wie ich, zumindest sehen sie so aus, aus unserer Schule kenne. Eigentlich be-
gegnen sie mir überall, wenn ich

in der Stadt oder im Umland unterwegs bin. Meist erkenne ich sie nicht sofort, weil sie jetzt einen riesenlangen Bart haben, oder einen extrabreiten Moustache. Es ist mittlerweile normal, nicht zum Friseur zu gehen, sondern zum Barber. In unserer Stadt sind in den letzten Jahren die Barber Shops geradezu wie Pilze aus der Erde gesprießt. Und überhaupt haben sie sich ganz oft total verändert. Erst wenn sie mich ansprechen und Herr Grande, kennen Sie mich noch? sagen, dann beginne ich ihr Gesicht zu scannen. Und wenn ich Glück habe, fällt mir der Name ein. Aber meist müssen sie mir einen Hinweis geben, gewissermaßen einen Link. Und dann fällt es mir wie Schuppen von den Haaren. Neulich parkte ich am Getränkeshop. Der größte Getränkemarkt der Welt. Jedes Bier vorhanden. Jedes Mineralwasser, das es gibt. Crazy. Nun gut. Als ich mich dann aus meinem SUV herausgeschält hatte, kam ein junger Mann mit einem riesigen Bart auf mich zu und fragte mich, ob er die leeren Kästen aus dem Kofferraum holen solle. Und während er das

Wort helfen artig kulierte, merkte er offenbar, dass es sich bei mir um seinen früheren Deutschlehrer handelte. Erst Tomatenzeit, dann kennen Sie mich noch? Ne, wieso? Ei ich bin der Frank, Sie hatten mich in der sechsten Klasse in Deutsch. Allmählich wurde mir klar, um wen es sich handelte. Ohne Details zu nennen; ich hatte kein gutes Gefühl! Danke, sagte ich. Ich denke, ich schaff es alleine. Was machst du hier? Ich mache hier einen Aushilfsjob. Bald gehe ich auf die Uni. Aha, dachte ich. Den Spruch kennst du. Ich sagte noch alles Gute und verschwand so schnell es ging im Getränkeparadies. Übrigens waren sie dort auch noch gut mit Whiskys ausgestattet. ----------------------------- --- -------------- Ich würde weiterhin meine sozialen Kontakte einschränken und mich mehr oder weniger in meiner Wohnung einigeln, sozusagen wie ein Hikikomori. Obwohl ich eigentlich ein Social Butterfly bin, von der Anlage her. Auf Natur und frische Luft konnte ich aber am allerwenigsten verzichten. Mit meinen Kumpels konnte ich wenigstens skypen. Oder zoomen, oder ich konnte über Nextech eine AR-Konferenz abhalten. Oder als Hologramm in ihre Wohnzimmer kommen. Mit den Schüler*innen ging es wie gehabt weiter. Das funktionierte mittlerweile recht gut. Ich musste mir schnell etwas ausdenken. Denn es war klar, dass sich die Situation noch monatelang hinziehen würde. Einen Impfstoff gäbe es erst frühestens 2021. Und zwar nicht gleich zu Beginn. Eher Mitte des Jahres. Und dann war der Käs auch noch nicht gegessen. Ich hab's! Ich wollte schon immer E-Gitarre spielen. Das war's. In dem Moment, als der Gedanke aufblitzte, hatte ich auch schon den Namen meines Musikhauses in die Browserzeile auf meinem Smartphone eingegeben. Aus dem schier unermesslichen Angebot an E-Gitarren wählte ich eine aus dem mittleren Preissegment aus, Eigenmarke. Fast nur gute Rezensionen. Und Congas. Ich wollte schon immer Congas haben. Auch hier bestellte ich mir die Congas der Eigenmarke. Gute Reviews. Und Effekte für die Gitarre. Mit dem E-Drum Set, der E-Gitarre und den Congas konnte ich eine kleine Band aufmachen. Ich würde alle Instrumente selbst spielen und danach sampeln. Genau wie Pat Metheny auf dem Album Orchestrion. Das konnte ich mit meinem Modul. Nice. Nur für meine Fitness musste ich mir noch etwas ausdenken… Ich wollte in good shape bleiben. Diesen Begriff habe ich schon oft im Gym gehört. Im Gym um die Ecke. Hat jetzt auch wieder geschlossen. Deshalb musste eine

Alternative her. Nach einer kurzen Recherche bestellte ich mir den Supertrainer Bauch und den Supertrainer Rücken. Haben beide verdammt viele und gute Rezensionen. Ich setzte noch zwei Maracas auf die Bestellliste. Mit deren Hilfe würde ich meine Aggressionen abbauen können. Hier heißen sie Rumba-Rasseln. Nicht die Aggressionen, sondern die Maracas. In unserer Gesellschaft hat man keine Aggressionen. Das kommt nicht vor. Es sei denn, man ist verhaltenskreativ. Aber zu diesem Thema kann ich nur auf Konrad Lorenz verweisen! Wie dem auch sei. Als ich den Bestellvorgang abgeschlossen hatte, oder besser: die Bestellvorgänge, machte ich mir einen Plan. In der Frühe Fitness, dann Homeschooling, und nach dem Powernap: Music. Nice. Fitness for Body and Soul! ....Cut........................

....

....

....

....

....

....

....

....
....
....
....
....
....
......................*Hallo* *liebes* *Tagebuch!*

02.11.

Heute Morgen in aller Herr-gottsfrühe aufgestanden. Im Dunkeln mit der Stirnlampe in den Wald gejoggt. Die Luft war rein. Noch! In jeder Hinsicht. Einige Dips am Reck im Calisthenics-Park. Frühstück: Cereals. Fitness: zunächst Crunch. Ohne

Fixierung der Beine. Kontraktionen in der Endposition. Danach Käfer-Crunch und Crunch mit Widerstand am Oberschenkel. Das tat richtig weh. Hatte in letzter Zeit geschlampt. Danach Reverse Flys am Boden, Oberarme innenrotiert. Sehr effektiv. Das hat fürs Erste gereicht. Homeschooling. Heute Referat Grundkurs Deutsch, Thema: Kameraeinstellungen. Feedback sachlich. Nice gelaufen. Ganz okay. Nur das Gespräch mit dem konfliktscheuen Kevin musste in einem save Space stattfinden. Einzelgespräch sozusagen. Lief ganz okay. Hat jahrelang keine Noten bekommen, sozial-emotionale Störung, folglich Förderplan und Aussetzung der Notengebung. Ich habe manchmal den Eindruck, dass ich an einem Tourette-Syndrom leide. Und das kommt eigentlich in vielen Situationen vor. Bisher kam es nur zum Denken der Wörter. Mal beobachten in Zukunft. Nach dem erfolgreichen Homeschooling wandte ich mich meinem wohlverdienten Powernapping zu. Ich denke, ich bin nicht der Einzige. Ich habe schon oft erlebt, dass während einer Konferenz plötzlich Wecker anfingen zu klingeln. Meistens gegen 15 Uhr, aber auch später. Meist sind in einer solchen Situation die Lehrer*innen, deren Wecker klingelt, peinlich berührt und das Gesicht verfärbt sich wie in der Tomatenzeit. Manch einer oder eine versucht die Situation zu entspannen, indem er oder sie sagt: huch, mein Wecker. Und meist dauert es eine gefühlte Ewigkeit, bis das Handy aus der Tasche gefischt, durch Gesichtserkennung , mit einer anderen Gesichtseinstellung -erneuter Versuch zu entsperren, falls es beim ersten Mal nicht geklappt hat - entsperrt und dann das entsprechende Menü aufgerufen wird, um schließlich diese meist furchtbare Melodie abzustellen. (Kompliziert, aber richtig. Der Satz.) In solchen Momenten muss man unbedingt die Kolleg*innen beobachten. Denn dann erkennt man, dass sie sich gegenseitig in verschwörerischer Absicht anschauen. Würde man die Blicke mit Hilfe von Facial Recognition übersetzen, dann würde auf dem Display stehen wie doof kann man denn sein? So lief das bei uns. Als ich ausreichend gepowernappt hatte, sah ich auf meinem Handy, dass der Postbote etwas für mich abgestellt hatte. Seit März hatte ich eine Abstellgenehmigung erteilt, und zwar für alle Zusteller. Das erleichterte die Sache ungemein. Mit meinen Gartenhandschuhen holte ich die Päckchen in die Wohnung und öffnete sie mit meinem Outdoormesser. Jetzt erst streifte ich die Handschuhe wieder ab. Als ich vor die Türe trat, fand ich meine heißersehnte E-Gitarre.

Nice, dachte ich mir. Geiles Teil! Matching Headstock. Ultra Flame Furnierdecke. Hals aus kanadischem Hard Maple. Clay Dot Griffbretteinlagen. Jumbo Edelstahlbünde. Floyd Rose Sattel. Und das mit String Bar. Binding aus Naturholz. Humbucker. Single Coil. Master Volume Tonabnehmer. Chrom Hardwear. Und die Farbe, das Allerbeste: Gloss Trans Flamed Cherry. Das habe ich mir schon immer gewünscht. Dann konnte ich schon bald loslegen. Kaum hatte ich das Teil ausgepackt, schloss ich es auch schon an meinen Verstärker an. Da ich in Sachen E-Gitarre Autodidakt bin, habe ich mir ein Büchlein besorgt. E-Gitarre für Beginners. Ich fing zunächst mit dem Powerchord-Workshop an. C5, F5 und G5 waren meine ersten Powerchords. Hörte sich schon mal gut an. Ich schloss die Gitarreneffekte an und drehte auf laut. Der Sound war schon special. Mein Plan war, jeden Tag mindestens 30 Minuten zu üben. Gemäß der 10.000-Stunden-Regel würde mein Spiel in etwa 50

Jahren ganz okay sein. Voraus-
gesetzt, es wird mit dem nötigen
Ernst an die Sache herangegan-
gen. Heute nur noch
Powerchord mit Leersaiten und
den erweiterten Powerchord
ausprobieren, und schon konnte
ich das erste Playalong abspie-
len. Und zwar als Play-alone. Zu
jeder Übung stand ein QR-Code
zu Verfügung, der nur noch per
Smartphone abgescannt werden
wollte, und schon stand das Vi-
deo bereit. Nice. Als ich einen
Krampf im linken Handgelenk
bekam, stellte ich meine E-Gitarre auf ihren Ständer. Finished

for today. Später noch Dieter anrufen, und dann früh ins Bett, denn morgen früh war wieder beizeiten Homeschooling angesagt.

03.11.

Hallo liebes Tagebuch!

Heute Morgen superfrüh aufgestanden. Dauerte etwas, bis der Wecker ausging. Musste mehrmals laut rufen. Dann sofort Joggingklamotten übergezogen und ab in den Wald. Diesmal Trimm-Trab-Pfad. Nach fünf Kilometern Klimmzüge. Kein Mensch weit und breit. Herrlich. Heiße Dusche. Frühstück. Homeschooling. Unterricht okay. Wird langsam aber sicher normal für die Kids. Diesmal neue Technik ausprobiert. Ich erscheine als Hologramm auf dem Bildschirm der Kids. Demnächst hole ich mir Künstler über meine App direkt in meine Wohnung. Als Hologramm. Super-duper. Wäre auch eine Möglichkeit, während des Lockdowns Konzerte zu geben. Die AR-Technik ist auf jeden Fall vorhanden. Nice. Anstatt permanent Hilfe vom Staat zu fordern. Nein, die Konzertsäle sind keine Hotspots. Restaurants und Kneipen sind keine Hotspots. Die Clubbetreiber sagen: Clubs sind keine Hotspots. Bildungspolitiker sagen: Die Schulen sind keine Hotspots. Die Vereine sagen: Das Trainingsgelände und die Trainingshallen sind keine Hotspots. Die Verkehrsbetriebe sagen: Busse und Bahnen sind sicher, also keine Hotspots. Der Gesundheitsminister sagt, beim Einkaufen stecke sich niemand mit dem Virus an. Also der Supermarkt auch kein Hotspot. Meine bescheidene Frage ist, wenn denn alles so sicher ist: Ja wo dann, bitteschön? Was nützt die beste Hygienemaßnahme, wenn sich niemand daran hält? Und aus diesem Grund finde ich die Idee mit der Hologram-App super. Sie eröffnet eine komplett neue Welt. Im wahrsten Sinne des Wortes. Werde sie in Zukunft permanent einsetzen. Nach den Lessons stand wieder die tägliche Fitness auf dem Programm. Heute Crunch mit Widerstand am Oberschenkel.

Dann gerader Crunch mit Händen an den Schläfen. Lief doch ganz okay. Die 50 Euro fürs Fitnessstudio kann ich mir in Zukunft sparen. Danach noch zwei Übungen für den Rücken. Reverse Flys, Oberarme außenrotiert. Und Reverse Flys in Bauchlage, Oberarme innenrotiert. Drei mal zehn Wiederholungen.

04.11.

Hallo liebes Tagebuch

Heute wieder früh aufgestanden, vor sechs, und direkt in den Calesthenics-Park gejoggt. Ich war super motiviert, da Tutorial am Vorabend auf YouTube gefunden. Mega! Mein Coach hat ein Oberkörper-Workout entwickelt. Er redet von Push und Pull, und das soll Bizeps, den Lat, die Rhomboiden aktivieren und was weiß ich noch alles. Verstehe zunächst nur Bahnhof. Drei Zirkel stehen auf dem Programm und wir machen so viele Wiederholungen, wie drin sind. Pull Ups, Obergriff, so viele Raps wie geht, sagt mein Coach.

Wobei das wie geht sein Lieblingsvokabular zu sein scheint. Danach auf den Boden mit Liegestütz und Tigerback. Mein Coach macht es in Slomo vor. Ich habe verstanden. Mein Smartphone liegt neben mir auf der Erde und ich ahme meinen Coach nach. Danach Australian Pull Ups, breiter Obergriff. Und dann oben bleiben und Pull Ups. Auch wieder so viele wie geht. Jetzt Dips, und an der gleichen Stange Chin-Ups. Nicht vergessen, den full range of motion mitnehmen. Danach Tight Push Ups, such hier gilt, so viele wie geht. Los geht's. Unglaublich geile Bodyweight-Übungen. Ich hab plötzlich die Birne frei und denke nicht mehr an die zweite Welle oder an die Wahlen in Amerika oder an Wien. Muss auch mal sein. Echt chillig! Echt nice. Jetzt nur noch Site Plank Raises, hoch, und komplett runter, hoch, und komplett runter. Aber nicht mit dem Core, das wird ausdrücklich gesagt. Ich muss zweimal hinschauen, um zu begreifen, was gemeint ist. Ach so, ja, habe verstanden. Danach Skycrusher für den Trizeps an der Querstange. Enger Griff.

Hintern hoch, Kopf unter die Stange. Auf geht's. Dritter Zirkel fertig. Und das wars dann auch schon. Ich schaute auf meine Smartwatch und musste feststellen, dass ich schon 30 Minuten Workout hinter mir hatte. Seltsam; kam mir gar nicht so lange vor. Nach dem Zirkeltraining nach Hause gejoggt.

5 November 2020

Dear Diary!

Today I woke up very early. I went to the bathroom and had a nice shower. While showering I had the impression that something was different. But I did not have a clue. I did not have any breakfast either. I put on my tracksuit and went jogging in the woods. Later I would have to work from home. Still. Something seems to be fishy.---------

----

------Anmerkung des erzählenden Subjektes:

Dem Leser, der Leserin dürfte aufgefallen sein, dass unser Protagonist zum Ende unserer kleinen Geschichte gesagt hat, etwas sei faul. Er konnte es aber offenbar nicht einordnen. In der Tat haben ihn die Lockdowns mit zunehmender Dauer verändert. Der sonst so aktive Social Butterfly ist fast zu einem Hikikomori geworden. Der smarte Lautsprecher war zum Schluss das einzige Objekt, mit dem er live, und zwar vor Ort, kommunizierte. Das hat ganz offensichtlich dazu beigetragen, dass er seine eigene

Muttersprache dermaßen vernachlässigt hat, dass er sie schließlich ganz aus seinem Bewusstsein verbannt hat. Ob bewusst oder unbewusst, das sei dahingestellt. Vielleicht handelt es sich dabei aber auch um das Phänomen, das für Linguisten und Psycholinguisten Neuland ist: Muttersprachenvergesseritis. Wir werden weiterhin am Ball bleiben und die weitere Entwicklung des lieben Mr. Grande genauestens beobachten. Mehr dazu in Band zwei. Bis dannimansky!